서쪽 꽃밭

서쪽 꽃밭

제23호

고요아침

시와 삶의 본질을 참구參究하는 절제된 언어형식

화가가 붓으로 수묵 매화를 칩니다. 화가는 거칠고 굽은 가지 하나를 구불텅 그려놓고 잔가지 몇 개를 배치하고는 그 끝에 활짝 핀 매화 몇 송이를 얹어놓습니다. 그리고 몇 개의 점을 가지 중간 중간에 찍어 덜 핀 매화 몽우리를 그려놓습니다. 그게 전부였습니다. 화선지의 대부분은 여백으로 둔 채 붓을 놓고 두인과 낙관을 누릅니다.

화선지가 넓으니 매화 가지를 더 많이 치고 활짝 핀 꽃을 더 배치하면 더 화려할까요? 아름다울까요? 오히려 수묵의 고졸함을 해치고 말았을 듯합니다. 여백은 보는 자의 상상으로 채워보라는 것 같습니다. 텅 빈 가지에 핀 몇 개의 매화에 시선이 집중되고 그것이 뿜어내는 암향을 그려봅니다. 추위가 채 가시지 않을 무렵 드문드문 피기 시작하는 매화 한 가지에서 화가가 담아내고자 하는 메시지를 읽어냅니다.

모든 그림이 이렇듯 간결할 수는 없습니다. 화면이 가득

차게 그려야 할 그림이 있습니다. 채송화가 추구하는 그림은 꽉 찬 그림이 아니라 간결하고 절제된 그림입니다. 생략과 압축이라는 시의 형식적 개념 정의에 충실하고자 합니다. 여기엔 작금의 우리 시가 점점 느슨한 형태로 길어지고 산문화되어가고 있다는 반성을 포함하고 있습니다. 물론 길게 써야 할 시가 있음을 부정하진 않습니다. 채송화는 10행을 넘지 않은 정도의 짧은 시를 쓰고 있습니다. 그러나 우리가 온통 이렇게 짧은 시를 써야 한다고 말하지는 않습니다.

　10원도 불필요한 곳에 쓰면 과소비라는 말이 있습니다. 시에서 쓰는 단어 하나도 마찬가지 아닐까 싶습니다. 채송화는 꼭 필요하지 않은 언어를 최소화하여 간결하고 단단한 언어 구조를 지향합니다. 우리에게 시조라는 짧은 시의 전통이 있지요. 매우 훌륭한 양식임을 부정하는 사람은 없을 것입니다. 그런데 자수가 어느 정도 정해져 있는 이 형식을 지키기 위해 불필요해 보이는 조사를 넣거나 글자 수를 맞추느라 적절해 보이지 않는 어휘를 사용하는 것을 종종 보게 되는 경우도 있습니다.

　가까운 이웃에 하이쿠라는 시 양식이 있지요. 물론 변형이 있을 수 있겠지만 이 역시 글자 수가 정해져 있기는 시조와 마찬가지입니다. 채송화는 시조와 함께 하이쿠의 언어 형식을 참조합니다. 그러나 간결하고 절제된 언어 형식이라는 점 말고는 이들처럼 정해진 양식에 매이진 않습니다. 하이쿠보다 더 짧을 수도 있고 시조보다 더 길 수도 있습니다.

　꽃이 작다고 해서 다 채송화는 아닙니다. 채송화는 짧은 형식 자체를 지향점으로 삼지는 않습니다. 채송화는 이 짧고 간결한 언어 구조를 그릇으로 삼아 우리 시가 지향해야 할 점들을 찾아 담고자 합니다. 우리가 잃어버린 것이 무엇이며 찾아가야 할 지점이 어디인가는 꾸준히 모색할

것입니다. 시와 삶의 형식과 본질에 대하여 참구할 것입
니다. 또한 많은 시인들과 더불어 길을 찾고 함께 씨 뿌리
며 다양한 빛깔의 채송화를 꽃피울 것입니다.

작은詩앗·채송화

김길녀_나기철_나혜경_복효근(글)_오성일_오인태_윤 효_이지엽_함순례
김남조(고문)

| 차례 |

▎여는 글

시와 삶의 본질을 참구參究하는 절제된 언어형식 | 04

▎한국의 명시

김수영 사랑 | 12

▎초대시

강인한 단풍의 속도 외 | 14
이동순 독도의 뜻 외 | 16
김성춘 모차르트를 듣는 새벽 외 | 18

▎채송화의 친구들

김광렬 절정 외 | 22
서경온 한 방울의 피 외 | 24
서형오 하동댁 외 | 26
안상학 웅대 외 | 28
오은정 소녀 외 | 30

유준화 유인도 외 | 32
이 순 메아리 외 | 34

■ 동인 신작시

윤 효
안목 | 38
박목월 | 39
고사간월도高士看月圖 | 40
시인의 족보 | 41
인과율因果律 | 42

이지엽
일상이 다 은혜다 | 43
예비하신 고난 | 44
코로나 봄 | 45
돌밥돌밥 | 46
가지 | 47

함순례
칩거 | 48
무릎을 꿇고 | 49
성냥 한 개비 | 50
투명한 고요 | 51
오메기떡 | 52

나기철
불 켜진 창 | 53
해빙解氷 | 54
생생生生 | 55
엄마 | 56
성聖 여인 | 57

나혜경
서쪽 꽃밭 | 58
춤을 추듯 | 59
삼월 | 60
굽은 길 | 61
2020년 3월 23일 | 62

복효근
중심의 위치 | 63
가느다란 나뭇가지 | 64
적요 | 65
안드로메다의 아이들 | 66
뻔한 이야기 | 67

오성일
감꽃목걸이 | 68
소만小滿 | 69
정경情景 | 70
곰소 | 71
춘분春分 | 72

오인태
노인 | 73
불편 | 74
신인류 | 75
일상 | 76
세워 귀! | 77

▌채송화가 읽은 좋은 시

고정애 숙적 | 80
유승도 정중동 | 82
김정수 연두에 그린 | 84
한기팔 목련꽃 그늘에 앉아 | 86
이세영 강아지풀 | 88
반칠환 쌍봉낙타 | 90
정윤천 不忍 | 92
정희성 그의 손 | 94

▌채송화 시론

이경철 짧고 찰지며 아득한 울림을 주는 시가 좋은 시인데…… | 98

▌채송화의 길

창간호부터 제22호까지 | 106

사랑

김수영

어둠 속에서도 불빛 속에서도 변치 않는
사랑을 배웠다 너로 해서

그러나 너의 얼굴은
어둠에서 불빛으로 넘어가는
그 찰라에 꺼졌다 살아났다
너의 얼굴은 그만큼 불안하다

번개처럼
번개처럼
금이 간 너의 얼굴은

초대시

강인한 | 이동순 | 김성춘

단풍의 속도

강인한

날마다 내려온다.
남하하는 우리나라 단풍의 속도는
시속 40킬로미터.

평창군 대관령면 올림픽로 715
화살나무 대궁에 꾹꾹 눌러 찍은 입맞춤,
빨가장히 물든 입맞춤.

내 그리움의 속도는 저와 같다.
애인이여.

식물성

강인한

참외를 먹다가 나도 모르게 참외 씨를 삼켰다.
아아, 큰일 났다.
몇 달 뒤 내 몸에서 참외 싹이 파랗게 돋아날 테니.

어떡하나,
나는 이제 어떻게 해야 하지?
꾸울꺽 참외 씨를 삼키고야 말았으니.

강인한 | 1944년 정읍에서 태어난 시인은 1960년대 후반부터 시란 무엇이며 시인은 누구인가를 끊임없이 물으면서 우리 시의 현장을 지켜오고 있다. 인터넷 카페 《푸른 시의 방》 운영자로서 시의 길을 제시하는 데에도 진력하고 있다.

독도의 뜻

이동순

내 이름 독도는
그동안 이루지 못한 독립
어서 성취하라는 뜻

배달겨레 하나 되어 단단히 다부지게
잘 살아가라는 뜻

독도의 독은
독립이란 뜻의 독獨
한 번도 완전 독립 이뤄보지 못했으니

지금이라도 올바른 독립
이루라는 바로 그 뜻

독도

이동순

삶이 유난히
거칠고 가파른 사람 있듯이

바람과 파도에 시달리며
밤새 잠들지 못하는 섬 하나 있나니

너는 어미 아비 없이
먼 곳에서 홀로 살아가는 아이

너는 갖은 소외와 적막 속에
혼자 웅크리고 세월 견디는 새터민

너는 주인도 사랑도 잃고
날마다 길거리 헤매 도는 떠돌이 개

이동순 | 1950년 김천에서 태어난 시인은 1970년 초반부터 생태적 상상력을 바탕으로 인간애와 겸허의 미덕을 구현해 왔다. 특히 1987년 분단 이후 최초로 『백석 시전집』을 엮어내며 그를 우리 문학사에서 복원시켰다.

모차르트를 듣는 새벽

김성춘

산골짝 물소리가 여물다
아이가 피아노를 치고 있다
연둣빛 고기떼들이 물살에 반짝인다
노래는 뜨겁고 슬픔은 깊다
갓 낳은 달걀 같은 하루가 고맙다
아름다운 날들이 폭폭 쌓였으면 좋겠다
새벽의 맨발이 나에게
사랑한다고 말한다

짙은 눈썹의
왜가리 한 마리
사무치게 먼 숲을 바라본다.

푸른 무지개
— 용담龍潭을 바라보며

김성춘

어디로 가셨나요?
봄 햇살 저리도 곱게 내리는데
좌도난정左道亂正의 누명 쓴 채
정강이뼈가 부러진 채 떠난 당신
사무치게 생각나요
어떻게 떠나야 잘 떠나는 것인가요?
그 숲, 그 세월 여기 두고
먼 그곳으로 떠난 당신

텅 빈 구미산山
처음 보는 푸른 무지개, 눈부십니다.

김성춘 | 1942년 부산에서 태어난 시인은 1974년《심상》의 첫 번째 시인으로 등단하여 줄곧 바다를 독특한 선율로 연주해 왔다. 근래에는 삶의 축복과 소멸의 세계를 슬프고도 명랑한 음성으로 들려주는 데 주력하고 있다.

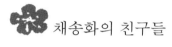 채송화의 친구들

김광렬 | 서경온 | 서형오 | 안상학
오은정 | 유준화 | 이 순

절정

김광렬

불꽃처럼 타오르는 이파리가 황홀해서
단풍잎만 바라보며 걷다가
한라산 올라가는 성판악 돌밭 길에서
푹 무릎을 꺾고 말았다
살갗에 생채기가 생기고 피가 배어났다

너에게로 가는 일이,
이 정도로는 어림없다

살을 오려내고
뼈를 깎아내어야 한다

곡우穀雨

김광렬

저 가문 땅과 같은 환자에게
단비 같은 약이 필요하다며
연구실 깊이 파묻힌 흰 가운,
지구는 온통 앓고 있는데
사시나무 떨듯 떨고 있는데
어떤 사람은 한 많은 이승
서둘러 마감하기도 했는데
오늘 온종일 슬슬 비는 내려도
반가운 약藥비 소식은 없고
불안한 시간은 여전히 흐르고

김광렬 | 1954년 제주 성산에서 태어나 1988년 《창작과비평》으로 등단하여 『내일은 무지개』 등의 시집을 냈다. 늘 자성과 희망의 목소리로 내면에 이는 물결과 제주의 아픔을 낮고 해맑게 노래하고 있다.

한 방울의 피

서경온

한 방울의 피로
생生의 남은 시간을 알 수 있게 된다는
아침뉴스를 들었다

가슴이 쿵 내려앉는다

불투명한 미래의 장막을
단번에 거두어버리는 손길
달갑지 않다

한 방울의 피가 선고하는
남은 나날의 시한부 시계

왠지 슬프다.

근심우체통

서경온

망우리 공원묘지
입구에 서 있는 근심우체통

근심거리를 적어 넣으면
먹어치운다고 써 있었다

평생을 나의
근심우체통이 되어 주셨던
어머니

꽃바람 속에 그리움 도져
울컥 목이 메는
봄날이었다.

서경온 | 1956년 충북 제천에서 태어나 1980년 《현대시학》으로 등단하여
『흰 꽃도 푸르다』 등의 시집을 냈다. 함축된 이미지로 그리는 시, 이야기가
담긴 서정시를 구현하기 위해 애쓰고 있다.

하동댁

서형오

생선 장수 하동댁
파랄 때부터
하얗게 저물 때까지
몸에 달고 다니던 비린내

목숨 이을 끼니 쫓아
남해 바다 온 데를
재게 다녔던
생선 땀 냄새

나뭇잎

서형오

나뭇잎 한 장 주워
나무 한 그루
땡볕에 찔리고
비바람에 얻어맞으며
한 뼘 한 뼘
공중에 낸 이력을 읽는다

나무가 발간한 자서전
나뭇잎
한 권

서형오 | 1966년 경남 하동에서 태어나 2016년 《문예연구》로 등단하여 『급식시간』 등의 시집을 냈다. 소소한 삶의 흐름을 가능하게 하는 인간적 가치의 소중함을 형상화하는 데 진력하고 있다.

응대

안상학

누가 빛이 무엇인지 모르겠다고 묻거든
아직 어둠을 모르기 때문이라고 말해 주라

그래도 빛이 무엇이냐고 다그쳐 묻거든
암흑의 동굴 가장 밑바닥으로 안내해 주라

그래도 빛이 무엇이냐고 한사코 묻거든
거기 그냥 내버려두라

눈부처

안상학

나는 너를, 너의 눈을 마주한다
네 눈 속에는 내 눈부처가 있다
그 눈부처의 눈 속에는 또한 네가 있다

너는 나를, 나의 눈을 바라본다
내 눈 속엔 네 눈부처가 있다
그 눈부처의 눈 속에는 또한 내가 있다

너는 나에게서 너에게로
나는 너에게서 나에게로
끝없는 소실점으로 사라지는 몸의 깊이여

안상학 | 1962년 경북 안동에서 태어나 1988년 중앙일보 신춘문예로 등단하여 『그 사람은 돌아오고 나는 거기 없었네』 등의 시집을 냈다. 존재의 슬픔을 보듬으며 상처받은 것들이 내는 소리를 받아쓰고자 애쓰고 있다.

소녀

오은정

두만강을 넘어온 언니는
낮 부엉이처럼 말이 없다

밤이면 말을 잃은 언니 등 뒤로
하지 못한 말들이
파도처럼 밀려왔다

새벽엔 언니 베개에 스며든
이슬을 주워 먹은 별들이
한숨을 토해 냈다

그건

오은정

아이 손처럼 작았어
날 때린 그건

아이스크림처럼 부드러웠어
날 찌른 그건

떨어지는 꽃잎처럼 가벼웠어
날 무겁게 한 그건

바람처럼 피부에 닿을 뿐이었어
날 찢은 그건

그건
자국 하나 남기지 않았어.

오은정 | 1992년 함경북도 경성에서 태어나 2015년 《작은詩앗·채송화》로
등단하여 시집 『고향을 부르다』를 냈다. 북에 남아 있는 동생을 그리며 북
한 체제와 그 속의 일상을 풀어내고자 애쓰고 있다.

유인도

유준화

바다가 있고 바다 위에 섬이 있다
어머니라는 바다에서
탯줄을 끊고 세상에 태어난 날
나는 혼자 떠 있는 섬이 되었고
당신도 혼자 떠 있는 섬이 되었을 것이다
절벽을 세우지 말고
태풍에 흔들리지 마라 했다
섬과 섬끼리 만나는 일은
내 섬에 당신이라는 꽃나무를 심는 일이다

바람꽃

유준화

당신의 몸에서 꽃향기가 나네요
당신의 몸에서도 꽃냄새가 나네요
차가운 긴 터널에서 나오니
바람의 결마다 꽃잎입니다

바람 불어 좋은 날
바람 피기 좋은 날
당신이 예뻐하시면 너도 바람꽃
당신을 예뻐하면 나도 바람꽃

유준화 | 1947년 충남 공주에서 태어나 2003년 《불교문예》로 등단하여 『어린 왕자가 준 초록색 공』 등의 시집을 냈다. 간결한 언어를 견지하며 불교의 연기설을 토대로 애틋하고 경건한 시세계를 구축해가고 있다.

메아리

이 순

엄마가 행상 나간 빈집
어둑발이 내리는 장독대에서
여섯 살 서영이는
가슴까지 올라오는 빈 항아리에 대고
'엄마아!' 불렀다 자꾸자꾸 불렀다
고양이도 따라서 '야아옹!' 울었다

영산홍 편지

이 순

마스크로 가리고 손도 잡지 말고
견우직녀 되어 마음만 가까이 하는데
꽃잔디 지들끼리 조잘조잘
벚꽃은 손 꼭 잡고 보란 듯이 화알짝
작은 바이러스에 휘둘리는 인간들이 측은해
영산홍 잉크빛 붉디붉게 씌었다

이　순 | 1960년 충남 논산에서 태어나 2014년 《시와시학》으로 등단하여 『꽃사돈』 등의 시집을 냈다. 가까이에 있는 작고 희미한 것들이 생명을 이어가느라 애쓰는 것에 눈길을 주며 시를 써가고 있다.

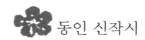 동인 신작시

윤 효 | 이지엽 | 함순례 | 나기철
나혜경 | 복효근 | 오성일 | 오인태

안목

윤 효

시인 박목월은
우리나라 여성 중 세 명만 가려 시인으로 추천했다.

허영자 시인,
유안진 시인,
신달자 시인.

박목월은
우리말글의 숨통이 끊겨버리자 시인 정지용이 부랴
부랴 찾아낸 시인이었다.

이 다섯 명의 이름을 부르기 위해
밤마다
글썽이는 별이 있다.

박목월

윤 효

"선생님 대표작은 나그네지요?"

닳도록 외우며 자랐으므로 그 초짜 시인의 질문은 타당한 것이었다.

"아니다. 오늘 밤에 쓸기다."

그의 답변 또한 매우 합당한 것이었다.

그의 시가 죽지 않는 까닭이다.

고사간월도高士看月圖

윤 효

김제현 시인이 이근배 시인에게 만나자는 전화를 했다.

흰 봉투 하나를 건넸다.

내가 재미 삼아

1957년도판 인수환 시집 〈고향〉을 내놨더니 그게 그만 덜컥 팔렸다는 거야.

신기해서 물어봤지. 그걸 누가 샀느냐고.

그랬더니 사천 자네가 샀다더군.

고향 선배의 시집이니 거두겠다면서.

이봐, 사천! 어찌 이 책을 친구에게 팔 수 있겠나?

어서 이 봉투 받게.

경매대금 20만원이 고스란히 들어 있었다.

시인의 족보

윤 효

나태주 시인 스스로 밝히길
시인 김소월, 김영랑은 할아버지뻘,
시인 박목월은 아버지뻘,
시인 서정주는 당숙뻘,
시인 박재삼은 삼촌뻘,
시인 허영자는 누님뻘.

시인이 빠뜨린 부분을 보충하면
나무는 형님뻘,
풀꽃은 누이뻘.

인과율因果律
― 요즘 시를 읽다가

윤 효

주말은 시골집에서 보낸다는 노 시인이 어느 시상식 뒤풀이에서 말했다.

과식하는 동물은 사람밖에 없어요.

닷새치 사료를 주고 올라오면 개는 끼니를 나눠서 먹어요.

참석자 모두 사흘치 넘게 먹어 치운 뒤였다.

일상이 다 은혜다

이지엽

서로 얼굴 맞대 밥도 먹고 안부도 묻고
잘 지내냐 햇살 따라 걷다가 웃는
사소한 일상이 다 은혜다
육십 넘어서야 겨우 알았다

예비하신 고난

이지엽

세상은 기쁨만큼 고통도 많다
갑자기 온다
아 엘리! 라마 사박다니 엘리 사박다니

홍해나 라마의 쓴물 다 예비하신 고난이다
오만을 버리고 무릎 꿇고 기도하라
어느 날 갑자기 간다

코로나 봄

이지엽

내 삶의 동선動線은 소통과 악수와 정
강의와 대화가 일시에 사라졌다
눈짓으로 주고받는 모르스 부호의 봄

돌밥돌밥

이지엽

돌아서면 밥을 하고 돌아서면 또 밥이라니
그러나 제때 맞춰 먹는 밥
실로 얼마 만인가

가지

이지엽

냇가에 목욕 갔다가
올 때는 배가 고파 몰래 따먹던 가지
안 먹었다 손 저으며 움움해도
혓바닥이 먼저 알고서는
아르르 아르르르
저녁 먹기 전까지 혼쭐내던

칩거

함순례

봄이라고, 알을 까고 나온 미물들이
19층 아파트까지
높이 높이 날아오른다

외롭지 않으냐,
다닥다닥 여린 날개를 떨어
내 집 창을 두드린다

가까이 맞대어 웃던 때가 언제인가
나를 방문한 친구들과
며칠째 이야기를 나눈다

무릎을 꿇고

함순례

집에서 일하는 도시, 상점도 빗장을 닫아 건 도시

사슴 염소 양 얼룩말 캥거루 떼가 거리를 활보한다는 소식

전쟁이 그치고 분쟁의 화염이 걷힌다는 소식

인간이 일을 멈추자 맑고 푸른 하늘이 열린다는 소식

오늘밤도 나는 무릎을 꿇고 하늘의 별을 세어야겠다

성냥 한 개비
— 코로나19

함순례

"백만 그루의 나무를 태우는 데는
성냥 한 개비로 족하다"

나를 묶어 너를 살려야 하고
너를 묶어 나를 살려야 하는
시간에 엎드려 곰곰 씹어보는

밥 한번 먹자는 말 대신
다음에 보자는 말
줄줄이 길어지는 시간에 엎드려
꼭꼭 되새기는 말

투명한 고요

함순례

카약을 탄 사내가 투명한 고요의 중심부로 노를 저어
가는 동안

호숫가 비탈에서는 머위들이 쌉싸름한 향기를 밀어
올렸다

살아가는 거야, 푸르고 따듯한 손바닥을 열어 그늘을
감싸고 있었다

물결도 덩달아 잎잎들 추어올리며 쟁쟁쟁 피어났다

오메기떡

함순례

꽃바람 타고
제주에서 날아온
흑임자 오메기떡
정겨운 안부

오래 뵙지 못한
엄마 생각에
먼 데로 내려앉는
시큰한 눈시울

불 켜진 창

나기철

그제도 불이 안 켜져 있었다
어제도 불이 안 켜져 있었다
오늘은 켜져 있다

남편 따라 육지서 와
오년 전
혼자 된 여자
오늘은 시내 딸네 집에서 왔나 보다

온통 가족사진으로 도배한
시내에서 멀리 떨어진 마을
입구 그녀의 집

해빙 解氷

나기철

아침 뜰
신문이
비닐 두 개에 담겨 있다

하나는
신문 세 개
또
비닐에 담겨 있다

양파처럼 깐다

빙하가
무너져 내린다

생생 生生

나기철

지하철 5호선 타려
에스컬레이터 내리니

『진순신의 중국사 이야기』
가슴에 펼쳐들고 서 있는
늙수그레한 남자

파는 거냐니까
아니라고

얘기 나눈다

엄마

나기철

서울 병원에 검사 결과 보러
공항 가는 첫 버스 타고 가며
신문,

'내가 사랑한 우리말'
소설가 김주영(80)의
'엄마'

읽으며
운다

오랜만에
또 운다

성聖 여인

나기철

삼십여 년 전
힘들 때 자주 만났던
모니카 언니의 묵주

칠십 훨씬 넘어도
손의 자줏빛,
목소리

남편, 양아들
일찍 가고

오늘도
나를 세우는

서쪽 꽃밭

나혜경

아침에 세어도 스물네 송이
저녁에 세어도 스물네 송이
비 온 후 세어도 스물네 송이
뻔한 것을 계속 센다
바람이 다녀간 후에도
나비가 다녀간 후에도
세고 또 센다
일 년을 기다려 만난
노랑 수선화 스물네 송이

춤을 추듯

나혜경

바람이 조금씩 부는 날이었어요
저만치 앞서가는 여자가 뒤로 걷고 있는데
양팔을 흔들며 가는 모습이 춤추는 것 같았어요
전염되듯 나도 따라서 양팔을 들어올리고
서로 바라보며 걷자니
그녀는 내 수신호로 넘어지지 않고 걷는 것이고
그녀를 위한 수신호는 멈출 수 없는 것이 되어
우리는 조금 떨어진 채 짝을 지어 춤추는 사이
바람은 가느다란 실이 되어 둘의 거리를 당겼다 놨다
우리는 초면에도 마주보며 춤을 추었어요

삼월

나혜경

그즈음엔
어디가 양지이고 어디가 음지인지
어떤 말이 높고 어떤 말이 낮은지
누가 서러운지 누가 굶는지
다 드러나는 계절입니다
푸르게 물드는 시력으로
들여다보고
또 들여다보게 되는 때입니다

굽은 길

나혜경

꺾이고 휘고 뒤틀린 나무

살기 위해서
죽기 위해서
다시 살기 위해서

그렇게
몇 고비를 넘기고
푸르름 한 그루 얻은
나무

2020년 3월 23일

나혜경

코로나 끝나면 밥 한번 먹자

갚아야 할 빚이 두 달째 밀려 있다
사월이 오면, 아니 오월이 오면
매일 빚 갚으며 행복하자

꺼도 꺼도 살아나는 불씨는
병원도 호텔도 집도 감옥으로 만들었다

봄 감옥에 갇혀
연로하신 부모님도 오래 만나지 못했다

봄이 왔어도 봄 아니다

중심의 위치

복효근

꽃은 절벽에 저를 세운다

내디딜 곳 없어
거기가 세상의 중심이 된다

어떤 외부도 꽃을 흔들 수 없다*

* 한형조『허접한 꽃들의 축제』에서 한 문장 변용.

가느다란 나뭇가지

복효근

작은 새의 무게도
휘청
무겁게 받아주는

아닌 것처럼 살짝 휘어졌다가
그 탄력으로 새를 날려 보내주는

떠난 뒤에도
한참을 흔드는
흔들리는

적요

복효근

개밥그릇에 고이는 저녁 빗물
거기 떨어진 배롱꽃 몇 낱

어쩌자고
저 순한 눈망울에 비치는 꽃빛

어쩔 수 없고
소용도 없는 그 지점

도무지 말이 떠오르지 않는

안드로메다의 아이들

복효근

문학기행 왔다는 아이들 곁으로
때마침 떼로 날아들어 조잘대는 새들이 있어
황새 따라가다 다리 찢어진다는 그 뱁새들이라 알려
줬다
뱁새가 뭐냐고 묻는다
오래전에 돌아가신 우리 할머니와 그리고 먼 친척들
이라고 알려줬더니
선생님은 안드로메다에서 오셨어요 하고 묻는다
제대로 알아듣는 녀석이 있다니
안드로메다 그 너머 어디에서 본 듯한 눈빛이다

뻔한 이야기

복효근

토기가 토끼를 낳았단다
토끼가 토기를 낳았단다
못 믿겠다고?
상관없어 믿든 안 믿든
토기가 토끼가 되고
토끼가 토기가 되는 것은 변함없으니
당신도 토기 아니면 이미 토끼야
토끼이면서 토기일 수도 있어
토끼나 토기는 자신이 도끼여도 괘념치 않아
더 못 믿겠는 것은
토끼도 토끼가 아니고 토기도 토기가 아니라는 사실

감꽃목걸이

오성일

감꽃 같던 그 손 잡아보지는 못하였으나
가슴 위를 한 평생 무명빛깔로 자박거리는
이토록 실없고 섭섭한 사랑도 있기는 있다

소만小滿

오성일

늙은 의원 찾아가
약방문藥方文을 청해보나

시부저기……
비는 오는데

처마 밑 젖은 신발
고질痼疾이 성가셔라

정경情景

오성일

　어느 서양 나라에 지금도 저녁이면 늙은 점등원點燈員
이 거리를 돌며 가등街燈마다 불을 켜는 작은 도시가 있
다 한다 길가에 가스등이 하나 둘 켜지고, 8월의 운하
를 건너서 바람이 오면, 정교회 종탑 마당에 나온 노인
들 처녀들이 허름하고 다정한 반말로 저녁의 인사를 주
고받는다는데, 한가히 거기를 떠올리는 요 며칠 저녁들
이 나는 혼자 기쁘고 충분했다

곰소

오성일

눈부셔라
하늘 밑

칠월 염전
물빛 속을

사그락, 사그락,

소금이 오시네

춘분春分

오성일

춘분날 밤이다
다사한 밤

없는 집에 시집간 누이에게
이 밤처럼 너슴너슴한 걸로
이불 한 채 지어 보냈으면……

그 생각에 늦도록
잠 안 오는 밤이다

노인

오인태

자꾸만, 자꾸만 낮추며 하늘로 가는 길이 땅에 있음
을, 알 즈음

불편

오인태

모내기 철, 교육원 옆 지우천에 물이 빠지고 낮은 곳
으로 물고기들이 오글오글 몰려 있다

때를 기다리던 왜가리 한 마리 지켜보고 있다

신인류

오인태

반짝반짝
눈만 드러낸 족속들

쉿!

초롱초롱
밤하늘엔 별빛마저 착해라

일상

오인태

이오이오이오
구급차 지나가는 소리

이어

오이 사이소 오이
싱싱한 오이가 왔어요

누가 급히 비켜서고
누가 오이를 사고 있을까?

정오 무렵

세워 귀!

오인태

안경을 쓰고 다니면서도 몰랐는데
마스크를 걸고 다니면서 알게 되었다

입, 닥치고서야 비로소 들리는
저, 가쁜 뭇 숨소리들

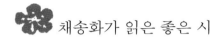

채송화가 읽은 좋은 시

고정애 ㅣ 유승도 ㅣ 김정수 ㅣ 한기팔
이세영 ㅣ 반칠환 ㅣ 정윤천 ㅣ 정희성

숙적

고정애

유리벽에 몸을 부딪고 있다

길이 35센티,
무게 0.2킬로그램의 맹금
수명 약 10년인 황조롱이

자신들의 영토에
특수유리 갑옷 입고
우후죽순 솟는 마천루
투명 절벽에 부딪고 있다

비명횡사하고 있다

                    ─시집『날마다 돌아보는 기적』문학의전당

죽어서 시가 된 새가 있네요. 매목 맷과의 철새, 황조롱이. 탁월한 비행 능력을 갖추고 세계 전역을 터전으로 삼는 맹금조류. 우리나라에는 4월에서 10월 사이에 찾아와 머문다지요. 그런데 이 새가 도심의 "우후죽순" 사이를 유유히 날며 천수를 누렸다면 아마도 시가 되지는 못했을 겁니다. 존재의 비극성을 압축적으로 보여줄 수 없었을 테니까요.

매천 황현(梅泉 黃玹, 1855~1910) 선생은 1910년 8월 일제에게 나라를 빼앗기자 네 편의 절명시를 남기고 순절했습니다. 황조롱이가 남겼을 절명시를 찾아 읽고 싶습니다. 〈윤효〉

정중동

유승도

집에서 해가 떨어지는 산을 바라보면 너울너울 날아가는 새다

새가 되고자 했던 옆집 이 씨, 엊그제 서산 기슭에 묻혔다

―시집『사람도 흐른다』달을 쏘다

강원도 영월 만경대산에서 농사를 조금 지으며 창작활동을 하고 있는 시인의 시에서는 산사람 냄새가 난다. 하던 일을 다 멈추고 잠시 그 산 아래 서 본다. 해가 떨어지는 저녁나절. 붉은 해가 너울너울 산 너머로 아주 느리게 날고 있다. 아주 커다란 새다. 그 새가 되고 싶어 했던 옆집 이 씨가 그 산 아래 엊그제 묻혔다. 노을로 환생한 이 씨. 너울너울 넘어가면서 자꾸 이쪽을 뒤돌아본다. 움직이지 않았는데 이상하다. 산이 움직이고 하늘이 움직인다. 활공을 그리면서 천천히 천체가 돌고 있다. 〈이지엽〉

연두에 그린

김정수

　늙은 플라타너스 발밑에서 어린나무가 제 어미의 시
커먼 속을 한참 들여다보다가
　손바닥만 한 울음으로
　생生의 바깥을 다 가렸다.

ー시집『홀연, 선잠』천년의시작

신과 인간 사이 신성神聖이 있다고 믿는 나는 이 시를 통해 어린나무의 신성을 발견한다. "연두에 그린" 어린나무의 울음을 발견한 시인의 눈빛에도 신성이 어른거렸을 것이다. 간곡한 응시와 여백의 눈부심은 요양원에 계신 오래 뵙지 못한 엄마의 "시커먼 속"으로 전이되어 나는 이 시를 몇 번이나 거듭 읽었다. 〈함순례〉

목련꽃 그늘에 앉아

한기팔

햇빛 고운 날
목련꽃 그늘에
늙은 아내와 앉으니
아내가 늙어서 예쁘다.
목련꽃 그늘 속
햇빛과 함께
간댕간댕
바람의 그네를 타느니
늙은 아내가
더 꽃답다.

—시집『섬·우화寓話』황금알

시인의 나이 올해 84세, 그 아내는 80세. 작년에 나온 시선집의 45년 전 등단 무렵 사진을 보니 30대의 시인 부부가 초가집 뜰에 서 있다. 시인은 머리, 옷 하며 좀 세련 됐고 부인은 수수하다.

87년부터 구정 다음날 한라산 남쪽 시인 댁에 세배를 가는데, 사모님의 떡국 맛이 일품이다. 점점 세배보다 그 떡국 먹으러 가는 듯도 하다.

언젠가 얘기하길 "아내는 나를 위하려고 세상에 온 사람 같다"고 할 정도이니 그 아내가 늙어 팔순이 돼도 어찌 예쁘고 꽃답지 않겠는가.

작년말 뇌경색으로 입원도 하셨었지만 올 구정 떡국 맛은 그대로였다. 〈나기철〉

강아지풀

이세영

하늘 한 번 짚고
땅 한 번 날고

하늘에 걸어놓은 물음표 하나
땅에 심은 느낌표 하나

하늘 땅
혼자 묻고 대답하는

　　　　　　　　―지평선 시동인지『옆을 터주는 것들』리토피아

'강아지풀'이라고 불러보면, 풀의 식물성보다는 강아지의 동물성에 집중하게 된다. 공격성이라고는 전혀 없는 순한 강아지의 꼬리털처럼 보들보들한 촉감이 좋아 자꾸 쓰다듬는다. 손바닥에 올려 놓고 '오요요요' 하고 부른다.

하늘과 땅, 식물과 동물의 경계를 초월한 강아지풀은 깊은 생각에 잠겨 있는 것 같다. 바람에 몸을 맡긴 채 무슨 생각이 그리 골똘할까. 바람에 흔들리는 강아지풀은 느낌표 같기도 하고 물음표 같기도 하다. 혼자 묻고 대답하다 보면 물음표는 느낌표가 되지 않겠는가. 질문은 이미 답을 품고 있으니까. 〈나혜경〉

쌍봉낙타

반칠환

사막 어디에도
어매 묻을 푸른 들 하나 없어
사막 어디에도
아배 묻을 푸른 산 하나 없어
삼년상 치르고도 터벅터벅
제 등만 한 명당이 아직 없다고
봉분 둘 짊어지고 글썽글썽

—《표현》 2020년 봄호

쌍봉낙타 등에 봉긋 솟은 두 봉우리가 봉분 같다. 한 분은 어매, 또 한 분은 아배. 사막엔 푸른 들, 푸른 산이 없어 자식은 등 뒤에 앞서 가신 부모님 봉분을 모셨다 한다. 어버이 없이 내가 어이 있을 수 있으리. 내 안에 고이 묻어둔 부모님 등 뒤에 봉분으로 솟았으리. 이 사막뿐인 세상에서. 〈복효근〉

不忍*

정윤천

사산 직전의 염소 새끼를 들쳐 메고 들어와
사람 병원의 응급실 앞에서 울음을 바치는 이가 있었
다

시골 의사는 등가죽을 늘여 두 대의 링거를
염소의 몸 안으로 흘러 넣어 주었다.

* 不忍 : 맹자. 차마 외면할 수 없는 인지상정의 마음.

　　　　　　　　　　　─시집『발해로 가는 저녁』달을 쏘다

어느 밤중이었을까. 어쩌자고 염소 새끼를 들쳐 메고 병원으로 들이닥쳤단 말인가. 다만 울음밖에는 바칠 것 없는 저 미욱한 이의 간곡한 무분별. 링거액이 염소의 몸안으로 흐르는 동안의 고요. 모든 생명 앞에 마음은 이처럼 어리고 간절하며, 손길은 또 시골 의사의 저것처럼 찬찬하고 경건해야 하는 것이리.
〈오성일〉

그의 손

정희성

  사람들은 그의 손이 너무 거칠다고 말한다

  손끝에 물 한방울 안 묻히고 살아온 손이 저 홀로 곱
고 아름답지 아니한 것은 아니다 하지만 정작 세상을
아름답고 살 만한 곳으로 만들어가는 것은 기름때 묻고
흙 묻은 손이다

  시는 어떤가

―시집『흰 밤에 꿈꾸다』창비

시인의 펜 끝이 여전히 준열하다. 그의 시력을 꽤 면밀하게 탐구한 적이 있었다. 새삼 그의 시를 안도한다만, 후유! 나의 시는 어떤가? 〈오인태〉

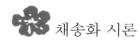 채송화 시론

짧고 찰지며 아득한 울림을 주는 시가 좋은 시인데······ | 이경철

짧고 찰지며 아득한 울림을 주는 시가
좋은 시인데……

이경철

시인 · 문학평론가

"우리는 짧고 야무진 시를 쓰고자 합니다. 찰지고 단단한 시를 쓰고자 합니다. 그 몇 줄의 시행 속에 깊고 아득한 울림을 담아내고자 합니다. 그리하여 마침내는 시의 진면목과 마주서고자 합니다."

2008년 봄 시동인 〈작은詩앗·채송화〉가 창간호『내 안에 움튼 연둣빛』을 펴내며 밝힌 창간사 한 대목입니다. 시를 짧게 쓰자는 취지가 하도 좋아 저도 창간 전부터 관심을 기울였던 동인입니다.

그렇습니다. 시는 짧아야 합니다. 산문이며 소설 등 다른 문학 장르와 비교할 때 시의 본질, 장르상의 존재 이유는 쉽게 말해 짧은 데 있는 것 아니겠습니까.

동서고금 모든 시의 정수요 정체성인 서정시에 대한 분분한 논의를 점검하기 위해 1982년 캐나다 토론토대학에서 서구 현대시 이론가들이 모여 '서정시와 신비평을 넘어'

를 주제로 세미나를 열었습니다. 그 세미나에서 시의 시성 詩性, 서정시에 대해 합의점에 도달한 것은 "길이가 짧아야 한다."는 점뿐이었습니다.

서정시의 언어는 비지시적이며 의미가 명확히 고착되지 않은 불명료한 열린 언어입니다. 문장적 측면에서는 문법, 문맥의 통제에서 이완돼 있습니다. 의미와 문장보다는 시 구와 음향, 리듬, 이미지 등이 복합적, 심미적으로 강력하게 작용합니다.

서정시에서는 특수하고 명확한 정조를 현재화, 구체화해야 하고 그 정조에 시인 자신을 일치시켜야 합니다. 즉 시적 화자와 자아가 일치돼야 합니다. 서정시는 낭만주의적인 주관 표출로 유토피아적인 비전을 전문화시킨 장르입니다.

무엇보다 구조는 단순하고 길이는 짧아야 하는데도 심미적 복합성을 지녀야 시의 정수인 서정시에 이를 수 있다는 게 기존의 연구에서 밝혀진 서정시의 특성과 서정적 자질의 대강입니다.

그럼에도 '길이의 짧음'만에 시론가들이 유일하게 만장일치로 동의할 정도로 실제 시에서 서정시의 특징을 끌어내어 유형화를 도출하기는 지난하고 위험합니다. 서정시의 세계는 그만큼 포괄적이기 때문이지요.

그럼에도 다시 한 번 시 장르상 특성은 내용과 형식의 응축과 집약에 있기 때문에 길이가 최소한으로 짧아야 한다는 것입니다. 길어지면 시적 응집력과 서정의 농도가 떨어지며 그만큼 시적 긴장도 감동의 울림도 떨어지게 마련이죠. 이 너무도 당연한 사실을 다시금 확인하고 또 확인하게 하는 것은 작금의 우리 시단에서 시가 한정 없이 길어지고 있기 때문입니다. 소위 유력 문예지들에 실리는 시편들을 보면 한 쪽 훌쩍 넘기는 것은 상례가 됐고 두세 쪽까지 나가기도 합니다. 신춘문예나 유수 문학상 수상작들도 그렇고요.

그래서 이제 시인을 꿈꾸는 이들에게 순수서정에 대해 가르치기가 겁부터 납니다. 10행 남짓의 짧은 시를 쓰라 가르치기가 두렵습니다. 그런 시들이 도무지 먹히지 않은 우리 시 현실을 들어 대들면 딱히 할 말 없어 암담했던 적이 한두 번 아닙니다.

짧고 야무진 시를 쓰던 중견급 시인들마저 장황하고 난삽한 그쪽을 흘끔흘끔 눈치보며 넘어가고 있는 마당에 정말 시의 시성을 말하기가 겁납니다. 독자들은 그게 아닌데 시단 권력 눈치보며 일반 독자들을 시와 멀어지게 하는 마스터베이션 시단이 문제인 것입니다.

한 천년이 다음 천년으로 넘어가던 시점을 맞아 문학담

당기자 시절 저는 중앙일보에 〈시가 있는 아침〉이란 난을 일간지 중 처음으로 마련했었습니다. 야박하고 어둡고 잇속만 챙기는 현실적 사회의 신문기사 틈에 인간의 향기가 솟는 샘 하나 파놓자는 뜻에서였지요.

하여 매일 아침 독자 여러분의 순수 자체와 만나 하루를 맑고 향기롭고 여유롭게 시작할 수 있도록 말입니다. 이런 시도는 다른 많은 신문들도 따라와 10행 남짓의 짧고 좋은 시와 독자 대중을 만나게 하는 데 조금이라도 기여했다고 생각합니다.

그러다 10여 년이 지나고 저도 신문사에서 퇴사한 후 그 난을 맡아 1년 간 집필한 적이 있습니다. 젊은 시인들과 평론가들에게 그 난을 맡겼더니 긴 시 중 일부만 발췌해 실어 독자들과 멀어져 안 되겠다며 제게 SOS식으로 청탁했던 겁니다.

그 1년간 아침마다 시 한 편씩 고르고 감상하며 우리네 이 각박한 삶에서 시란 대체 무엇인가 물었습니다. 감동이 온몸으로 밀려드는 좋은 시를 만나면 이리 하찮은 일상생활을 살아내고 있는 저라는 사람은 도대체 어떤 깊이나 있기는 한 존재인가를 묻고 또 물었습니다. 그렇게 물으며 아래와 같은 제 나름의 시에 대한 짤막한 시론을 얻을 수 있었습니다.

원래 하나였다. 이제는 헤어진 너와 나의 안타까운 거리, 그리움이 시를 낳는다. 우리네 맑고 드높은 꿈과 이상과 이제는 더 이상 동일한 것일 수 없는 구차한 현실에서 세계와 우주 삼라만상과 온몸으로 만나 다시 하나 되고픈 마음이 시를 낳는다. 실체와 이름이 하나였다 이제는 서로 겉도는 슬픈 너와 나의 안타까운 언어의 표정이 시 아니겠는가.

너와 나, 꿈과 삶, 이상과 현실, 개인과 사회, 인간과 자연 어느 한쪽에 편안히 살지 못하고 그 사이에서 양쪽을 근심과 연민으로 살피는 것이 시다. 그런 연민과 그리움의 정갈함으로 너와 나를 온몸으로 이어주며 감동으로 떨리게 하는 언어가 시다. 그리하여 독자와 우주 삼라만상은 물론 신과도 감읍感泣, 소통할 수 있는 농축된 언어가 시 아니겠는가.

그렇게 해서 시에 드러나는 것은 결국 인간의 품위와 위엄, 그리고 우리 스스로 생각해도 신비스러울 정도로 끝 간 데 없이 깊고 넓은 우주 일원으로서의 인간이라는 존재. 그것으로서 이 황막한 시대의 위안과 함께 인간 존재의 깊이와 위의威儀를 지키는 것이 시 아니겠는가.

그리고 그런 감동으로 잘 소통되는 짧은 시 위주로 선별해 촌평과 함께 그 난을 꾸려나갔습니다. 당연히 신문이라는 대중 매체의 그런 난에 소개되는 시는 그래야 할 것이겠지요.

그런데 작금에 씌어지고 평가받고 있는 시들이 시의 본

령과 감동과는 한참 떨어져 있어 문제라는 것입니다. 독자는 물론 시인들에게조차 소통이 단절되고 있습니다. 대학교 시학 강단이나 젊은 시인들 사이의 연구 실험용 시, 외래 이론이나 사회과학에 갇힌 시, 가슴이 아니라 머리로 쓰여 감동이 없는 시를 평가해주고 있어 문제인 것이죠.

다행히 〈작은詩앗·채송화〉 동인의 10여 년의 활동과 이어진 시단의 극서정시極抒情詩 운동으로 이제 짧은 시들도 제자리를 찾고 보란 듯 많이 씌어지고 있습니다. 그러다 보니 또 시 아닌 아포리즘 같은 짧은 단상의 가짜들도 심심찮게 눈에 띄어 눈살을 찌푸리게도 합니다.

독일의 문예이론가 볼프강 카이저는 역저 『언어예술작품론』에서 "시에서 진리는 스스로, 그리고 보편타당성 있게 표현되는 것이 아니고 무엇보다도 자아의 심혼과 확연한 생활에서의 타당성 안에 표현되는 것"이라 했습니다. 바로 지금 여기의 구체적 정황에서 자아와 세계가 통하는 내적 경험이 구체적으로 결정結晶된 것이 시이기에 격언이나 잠언, 화두 등 아포리즘의 무시간성, 추상성을 뛰어넘어 감동을 주는 것 아니겠습니까.

마지막으로 버드나무, 소나무 꽃가루 하얗게 노랗게 날리는 봄날이면 떠오르는, 제가 가장 좋아하는 시 한 편 감상해 보겠습니다.

눌더러 물어볼까 나는 슬프냐 장닭 꼬리 날리는 하얀 바람 봄
길 여기사 부여, 고향이란다 나는 정말 슬프냐.

박용래 시인의 「고향」 전문입니다. 행 갈음이나 연 나눔
도 없고, 마침표도 없는 산문시지요. 앞뒤 고백적 진술 사
이에 낀 "장닭 꼬리 날리는 하얀 바람 봄길"이라는 묘사가
압권이지요.

조선 정한情恨의 울보시인이면서 최첨단 스타일리스트이
기도 한 시인은 이 짧은 시편 속에서도 울고 있군요. "여기
사 부여, 고향이란다"며 '부-여'라는 음상音像으로 울며 콤마
(,)로 흑,흑거리고 있지 않습니까. 저는 이렇게 짧지만 구체
적 묘사와 진술이 어우러지며 만인을 촉촉이 적셔주는 시
가 참 좋습니다.

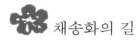 채송화의 길

작은詩앗·채송화 창간호 내 안에 움튼 연둣빛
- ■ 발행일 | 2008년 3월 12일
- ■ 중진 초대시 | 김남조 서정춘 나태주
- ■ 지역 초대시 | 김광렬 김용화 박구경 박성우 반칠환 심수향 황재학
- ■ 동인 신작시 | 나기철 복효근 오인태 윤 효 이지엽 정일근 함순례
- ■ 작은 시론 | 신진숙 — '작은 詩'의 힘

작은詩앗·채송화 제2호 하늘이 바다를 만날 때
- ■ 발행일 | 2008년 7월 7일
- ■ 초대시 | 유자효 유재영 한기팔
- ■ 채송화의 친구들 | 김백겸 김수열 나혜경 박정애 양 곡 이 경
　　　　　　　　　　임정옥 조재도
- ■ 동인 신작시 | 나기철 복효근 오인태 윤 효 정일근 함순례
- ■ 채송화 시론 | 이은봉 — 시는 어떻게 어디서 오는가

작은詩앗·채송화 제3호 하늘 우물
- ■ 발행일 | 2008년 12월 10일
- ■ 연재시 | 김남조
- ■ 초대시 | 민영 이시영 권명옥
- ■ 채송화의 친구들 | 류인서 문복주 이강산 정군칠 정 숙
- ■ 동인 신작시 | 나기철 복효근 오인태 윤 효 이지엽 정일근 함순례
- ■ 채송화 시론 | 유성호 — 시간 형식으로서의 서정

작은詩앗·채송화 제4호 모란 구름
- ■ 발행일 | 2009년 4월 23일
- ■ 초대시 | 문효치 유안진 김준태
- ■ 채송화의 친구들 | 공광규 김수영 배한봉 신병은 이홍섭
- ■ 동인 신작시 | 나기철 복효근 오인태 윤 효 이지엽 정일근 함순례
- ■ 채송화 시론 | 정효구 — '자발적 가난'의 시학

작은詩앗·채송화 제5호 **중심의 색깔**

- ■ 발행일 | 2009년 10월 30일
- ■ 연재시 | 김남조
- ■ 초대시 | 강희근 천양희 허형만
- ■ 채송화의 친구들 | 곽구형 김경훈 문정아 성선경 우진용 정경남
- ■ 동인 신작시 | 나기철 복효근 오인태 윤 효 이지엽 정일근
- ■ 채송화 시론 | 정한용 — 지금 여기에서

작은詩앗·채송화 제6호 **탱자냄새가 났다**

- ■ 발행일 | 2010년 5월 1일
- ■ 한국의 명시 | 김현승 — 마지막 地上에서
- ■ 연재시 | 김남조
- ■ 초대시 | 오세영 송수권
- ■ 채송화의 친구들 | 김석교 김추인 남혜숙 박서영 송 희 안용산
  이 헌
- ■ 동인 신작시 | 김길녀 나기철 나혜경 복효근 오인태 윤 효 이지엽
  정일근 함순례
- ■ 채송화 시론 | 이성모 — 말 줄임, 그리고 조금 느리게

작은詩앗·채송화 제7호 **칠흑 고요**

- ■ 발행일 | 2010년 12월 16일
- ■ 한국의 명시 | 박용래 — 저녁눈
- ■ 초대시 | 강우식 이가림 문인수
- ■ 채송화의 친구들 | 강희안 고우란 권덕하 안효희 이 공 이성배
  이응인
- ■ 동인 신작시 | 김길녀 나기철 나혜경 복효근 오인태 윤 효 이지엽
  정일근 함순례
- ■ 채송화 시론 | 박해림 — 서정과 소통

작은詩앗·채송화 제8호 옛날 애인이 찾아왔다

- 발행일 | 2011년 6월 30일
- 한국의 명시 | 김종삼 ― 民間人
- 초대시 | 노향림 정희성
- 채송화의 친구들 | 김규중 김동찬 김지헌 오창렬 육근상 장시우
- 동인 신작시 | 김길녀 나기철 나혜경 복효근 오인태 윤 효 이지엽
　　　　　　　 정일근 함순례
- 채송화 시론 | 이승하 ― 짧은 시의 깊은 의미, 긴 여운

작은詩앗·채송화 제9호 울음의 본적

- 발행일 | 2012년 12월 3일
- 한국의 명시 | 이용악 ― 북쪽
- 초대시 | 김종길 박희진 이하석
- 채송화의 친구들 | 강덕환 유대준 이승신 정진경 홍사성
- 동인 신작시 | 김길녀 나기철 나혜경 복효근 오인태 윤 효 이지엽
　　　　　　　 정일근 함순례
- 채송화 시론 | 황인원 ― 짧은 시의 힘

작은詩앗·채松화 제10호 시인의 견적

- 발행일 | 2013년 6월 17일
- 한국의 명시 | 김영랑 ― 동백잎에 빛나는 마음
- 초대시 | 김후란 허영자 이건청
- 채송화의 친구들 | 김인육 김종태 심옥남 이경호 이채민 정순옥
　　　　　　　　 조동례
- 동인 신작시 | 김길녀 나기철 나혜경 복효근 오인태 윤 효 이지엽
　　　　　　　 정일근 함순례
- 채송화 시론 | 안수환 ― 하늘은 쉽고 땅이 간결하니 시는 짧게

작은詩앗·채송화 제11호 낮은 것들의 힘

- ■ 발행일 | 2014년 2월 17일
- ■ 한국의 명시 | 서정주 — 祈禱 壹
- ■ 초대시 | 문정희 김남곤 서상만
- ■ 채송화의 친구들 | 권선희 김규성 안성덕 진하 최명란 홍우계
- ■ 동인 신작시 | 김길녀 나기철 나혜경 복효근 오인태 윤 효 이지엽
　　　　　　함순례
- ■ 채송화 시론 | 호병탁 — 시, 스스로 취한 필연적인 짧은 형상

작은詩앗·채송화 제12호 먼 산

- ■ 발행일 | 2014년 12월 22일
- ■ 한국의 명시 | 이병철 — 나막신
- ■ 초대시 | 신달자 김동호 문충성
- ■ 채송화의 친구들 | 강신용 김선아 동시영 박정자 소복수 유강희
　　　　　　이제니 하 린
- ■ 동인 신작시 | 김길녀 나기철 나혜경 복효근 오인태 윤 효 이지엽
　　　　　　함순례
- ■ 제1회 작은詩앗·채송화 신인상 | 오은정
- ■ 채송화 시론 | 이상옥 — 품격 있는 극서정

작은詩앗·채송화 제13호 도다리쑥국

- ■ 발행일 | 2015년 5월 21일
- ■ 한국의 명시 | 박목월 — 牡丹餘情
- ■ 초대시 | 임 보 이수익 이상국
- ■ 채송화의 친구들 | 고증식 김원욱 안현심 유홍준 이경철 이원규
　　　　　　이형우
- ■ 동인 신작시 | 김길녀 나기철 나혜경 복효근 오인태 윤 효 이지엽
　　　　　　함순례
- ■ 채송화 시론 | 김유중 — 시 쓰기의 윤리와 시인의 양심

작은詩앗·채송화 제14호 메롱
- ■ 발행일 | 2015년 12월 9일
- ■ 한국의 명시 | 정지용 ― 九城洞
- ■ 초대시 | 오탁번 권달웅 최동호
- ■ 채송화의 친구들 | 강연옥 권혁소 김수우 김 영 박주하 석성일
  오성일
- ■ 동인 신작시 | 김길녀 나기철 나혜경 복효근 오인태 윤 효 이지엽
  함순례
- ■ 채송화 시론 | 이숭원 ― 리듬과 응축

작은詩앗·채송화 제15호 깜밥
- ■ 발행일 | 2016년 6월 7일
- ■ 한국의 명시 | 백석 ― 白樺
- ■ 초대시 | 이근배 김형영 상희구
- ■ 채송화의 친구들 | 금 희 김명원 김성수 윤제림 정운자 채인숙
  함민복
- ■ 동인 신작시 | 김길녀 나기철 나혜경 복효근 오인태 윤 효 이지엽
  함순례
- ■ 채송화 시론 | 김남호 ― 채송화는 전압이 높다

작은詩앗·채송화 제16호 쑥대밭
- ■ 발행일 | 2016년 11월 23일
- ■ 한국의 명시 | 이육사 ― 絶頂
- ■ 초대시 | 고은 정진규 강은교 최돈선
- ■ 채송화의 친구들 | 김성장 김승현 김주대 박노식 양전형 윤범모
  이승하 최춘희
- ■ 동인 신작시 | 김길녀 나기철 나혜경 복효근 오인태 윤 효 이지엽
  함순례
- ■ 채송화 시론 | 김진희 ― 감각의 입체적 배치와 詩의 울림

작은詩앗·채송화 제17호 **빈틈엔 꽃**

- ■ 발행일 | 2017년 5월 30일
- ■ 한국의 명시 | 박재삼 — 無題
- ■ 초대시 | 김초혜 안수환 오정환
- ■ 채송화의 친구들 | 김금용 김영미 문리보 백우선 이봉환 이세기
  이정록
- ■ 동인 신작시 | 김길녀 나기철 나혜경 복효근 오인태 윤 효 이지엽
  함순례
- ■ 채송화 시론 | 홍용희 — 시의 체질과 체형에 관한 단상

작은詩앗·채송화 제18호 **날아라 펭귄**

- ■ 발행일 | 2017년 12월 7일
- ■ 한국의 명시 | 김춘수 — 서울의 어디엔가
- ■ 초대시 | 김선영 윤후명 이운룡
- ■ 채송화의 친구들 | 강영란 김영삼 김채운 김택희 류지남 문 신
  박승민 육근철 조연향
- ■ 동인 신작시 | 나혜경 복효근 오인태 윤 효 이지엽 함순례 김길녀
  나기철
- ■ 채송화 시론 | 김익두 — 작고 소박하고 착한 시심에게 드리는,
  아주 사소한 말 몇 마디

작은詩앗·채송화 제19호 **울컥**

- ■ 발행일 | 2018년 6월 29일
- ■ 한국의 명시 | 이성선 — 미시령 노을
- ■ 초대시 | 박제천 尹錫山 최문자 양동식
- ■ 채송화의 친구들 | 김현조 서양숙 임연태 정찬일 최광임 표성배
- ■ 동인 신작시 | 나기철 나혜경 복효근 오인태 윤 효 이지엽 함순례
  김길녀
- ■ 채송화 시론 | 김미진 — 침묵을 조각하는 시인, 외젠 기유빅

작은詩앗·채송화 제20호 풀잎의 마음
- ■ 발행일 | 2018년 10월 22일
- ■ 한국의 명시 | 김달진 ― 샘물
- ■ 초대시 | 김수복 이영춘 이문걸
- ■ 채송화의 친구들 | 김남호 김익두 김효은 정명진 한선자 한승엽
  허상욱
- ■ 〈고래〉가 〈작은詩앗·채송화〉에게 | 윤후명
- ■ 동인 자선시 | 김길녀 나기철 나혜경 복효근 오인태 윤 효 이지엽
  함순례
- ■ 채송화 시론 | 이병철 ― 천둥번개 내리꽂힌 자리에 핀 채송화
  한 송이

작은詩앗·채송화 제21호 맞는 말
- ■ 발행일 | 2019년 6월 10일
- ■ 한국의 명시 | 김기림 ― 바다와 나비
- ■ 초대시 | 호영송 김종해 조창환
- ■ 채송화의 친구들 | 김밝은 박소영 박수빈 송찬호 안명옥 조현석
  진 란 진효정 현택훈 황청원
- ■ 동인 신작시 | 함순례 김길녀 나기철 나혜경 복효근 오성일 오인태
  윤 효 이지엽
- ■ 채송화 시론 | 현순영 ― 서정抒情을 지키는 시정신

작은詩앗·채송화 제22호 섭섭한 저녁
- ■ 발행일 | 2019년 12월 11일
- ■ 한국의 명시 | 전봉건 ― 치맛자락
- ■ 초대시 | 박이도 홍신선 진동규
- ■ 채송화의 친구들 | 김일태 서동균 오봉옥 유수경 윤중목 조성순
  한영수
- ■ 동인 신작시 | 이지엽 김길녀 나기철 나혜경 복효근 오성일 오인태
  윤 효
- ■ 채송화 시론 | 나민애 ― 작은 구원의 시대, 작은 구원의 몸짓

작은詩앗·채송화 제23호

서쪽 꽃밭

초판 1쇄 인쇄일 2020년 06월 22일
초판 1쇄 발행일 2020년 06월 30일

지은이 ┃ 작은詩앗·채송화
펴낸이 ┃ 노정자
펴낸곳 ┃ 도서출판 고요아침
주 간 ┃ 이지엽
편 집 ┃ 김남규

출판 등록 2002년 8월 1일 제1-3094호
03678 서울시 서대문구 증가로29길 12-27, 102호
전화 302-3194~5
팩스 302-3198
이 메 일 goyoachim@hanmail.net
홈페이지 www.goyoachim.com

ISBN 979-11-90487-36-8(03810)